LA PAIX,

OU

LE TRAITÉ DE LUNÉVILLE,

POËME.

LA PAIX,

OU

LE TRAITÉ DE LUNÉVILLE,

POËME;

Suivi d'une Épître en Vers à Virgile sur la Bataille de Maringo, avec la Traduction en Vers italiens ; d'une Ode au Vengeur, accompagnée d'une Lettre du citoyen Saint-Ange, et d'un Sonnet italien avec la Traduction française :

Par Cubières, jeune,

Membre de l'Athenée de Lyon, et de plusieurs autres Sociétés littéraires.

A PARIS,

Chez Parisot, rue du Vieux-Colombier , n°. 389 ; en face des Orphelines ; et chez les Marchands de Nouveautés.

AN IX. (1801).

A CELLE

QU'ON RECONNOITRA,

ET

QUI NE VOUDRA PAS

SE RECONNOITRE.

C'EST vous, Madame, qui m'avez conseillé de composer un Poëme sur la Paix avec l'Empereur, ou le Traité de Lunéville, et quand vous m'en avez fait la proposition, je vous ai répondu qu'étranger depuis longtemps aux affaires et aux mouvemens politiques, je ne me sentois ni la force, ni le talent nécessaires pour traiter un pareil sujet. Vous avez insisté, et il a bien fallu vous obéir; c'est pour moi un si doux besoin et une si longue habitude !

Je ne suis pas étonné, au surplus, que vous ayiez voulu me voir chanter la Paix : vous aimez votre Patrie ; vous avez toujours desiré son bonheur, et fatiguée, plus que tout autre, des sanglantes secousses qu'elle n'a cessé d'éprouver durant dix années, vous croyez avec raison que la Paix seule peut lui rendre la tranquillité ; j'en suis convaincu ainsi que vous, et je ne vous cache pas que, si d'abord j'ai refusé de souscrire à vos vœux ; ce n'étoit point défaut de patriotisme de ma part ; j'aime la Paix aussi, je la vois avec délices arriver parmi nous, parée de tous ses charmes, et belle de tous ses attraits. Le ciel m'a d'ailleurs donné un caractère tout-à-fait pacifique, et si les orages de la révolution ont douloureusement pesé sur votre ame sensible et aimante, ils ne m'ont pas moins tourmenté. Mais j'ai déjà célébré si infructueuse-ment les grands événemens de cette révolution terrible....! J'ai voulu faire aimer à tous mes concitoyens la Liberté, l'Humanité, la Philoso-phie, la Justice, et personne n'a voulu m'entendre. J'ai publié une trentaine de poëmes, animés des sentimens les plus purs, et personne, ou presque personne, ne les a lus. C'est ma faute sans doute, je n'ai pas eu sans doute le don de me faire écouter ; mais au moins, auroit-on dû me savoir quelque gré de mes bonnes intentions : malheureusement pour moi, quelques personnes qui n'aiment qu'à nuire, les ont empoisonnées, et après dix années de travaux gratuits dans les Administrations, et de travaux littéraires non moins gratuits, je suis resté sans réputation, sans fortune et sans récom-pense.

Ce n'est point pour me plaindre du Gouver-nement, que j'entre dans ces détails, mais unique-ment pour vous rendre compte des retards apportés

à la publication de ce foible Poëme : on travaille
lentement quand on n'est encouragé par personne,
et l'on finit par ne plus travailler du tout, lorsqu'on voit chaque jour se réaliser ces vers de la
Métromanie :

> Lorsqu'à faire des vers un jeune esprit s'adonne ,
> Même en l'applaudissant , je vois qu'on l'abandonne.

Quelques gens de lettres m'ont applaudi, mais
les autres m'ont dénigré , et la plupart ont eu
grand soin de ne parler de moi , ni en bien , ni en
mal , afin de m'étouffer, pour ainsi dire, dans un
perfide silence.

Que dis-je ! vous m'avez souri , madame, vous
avez daigné lire mes vers, vous les avez trouvés
bons , qui pis est ; et votre suffrage m'a consolé
de toutes les persécutions sourdes que j'ai éprou-
vées , et même des persécutions à force ouverte.
Vous avez été , et vous êtes encore ma Providence,
comme le disoit Cérutti de madame de Br..... ,
comme le disoit le bon la Fontaine de madame de
la Sablière. Qu'un autre rougisse de ses bienfai-
teurs , je n'ai qu'à m'énorgueillir de la divinité
mortelle dont l'amitié pure et les soins désintéressés
m'ont soutenu à-la-fois durant les orages de la révolution , et dans la carrière des lettres , et dans
la carrière de la vie. Grace à elle , je suis heureux,
quoique pauvre , et si par malheur elle cessoit
d'exister, on sait que la Parque n'a quelquefois

qu'un fil à couper, pour trancher deux destinées.

Mais pardon, madame, je ne vous parle que de vous, qui voudriez qu'on vous parlât de toute autre chose, et j'oublie que j'ai quelques mots à vous dire sur mon Poëme de la Paix, et sur les bagatelles qui le suivent.

Le sujet de ce Poëme sur la Paix étoit très-vaste, et quoiqu'il m'ait fourni trois cents vers alexandrins bien comptés, il m'en auroit fourni bien davantage, si je m'étois laissé aller à toutes les idées qui sont venues s'offrir à mon esprit, au moment de la composition , et qui l'ont , pour ainsi dire , anéanti sous leur poids et sous leur multitude. Quel sujet plus imposant en effet , que celui d'un Traité de Paix qui change la face politique de l'Europe, et qui établit une diplomatie toute nouvelle sur les débris de l'antique diplomatie ? Je compare ce Traité à un palais noble et élégant, que l'on auroit bâti sur les ruines d'un gothique palais. Je n'ai pu, dans mes foibles vers, en peindre toutes les beautés, ni en détailler toutes les richesses; ainsi , j'ai cru devoir rejeter dans des Notes ce que mes vers auroient vainement voulu exprimer. Ce supplément étoit indispensable, et toutefois, il est insuffisant. Je n'aurois point fait de Notes, peut-être, et mes vers seroient bien meilleurs sans doute, si j'avois le talent que vous venez de développer dans un Poëme en trois chants , intitulé (1) : *l'Isle de la Félicité*, ou *Anaxis et Théone* ; Poëme où toutes les graces du sentiment se trouvent rassemblées avec tous les principes de la philosophie la plus douce et la plus aimable ; Poëme enfin , qui ne pouvoit être conçu ni exécuté que par vous , et qui placera votre nom bien au-dessus de celui des Sapho et des Deshoulières.

La femme , auteur de ce charmant Poëme , daignera-t-elle jeter les yeux sur la seconde édition de mon Épître à Virgile; édition beaucoup plus correcte que la première, et à laquelle j'ai ajouté quelques vers qui naissoient du fond du sujet, et qui m'avoient été commandés par l'amitié, bien plus que par la critique? Cette Épître à Virgile ne roule que sur la Bataille de Maringo, c'est-à-dire, que sur la guerre, et le premier Poëme ne roule que sur la Paix.... Ah ! j'ai eu bien plus de plaisir à chanter celle-ci que l'autre, et si je les ai mises ensemble, c'est que malheureusement elles se précédent ou se succèdent presque toujours, et que, dans cette vallée de larmes où nous vivons , la Paix ne se montre guère que par intervalles , et que la guerre semble durer toujours.... Heureux qui ne chante que la Paix ! malheureux qui est obligé de chanter la guerre !

_____

(1) Ce Poëme est sous-presse , et doit bientôt paroître, chez madame *Masson* , rue Galande.

J'ai célébré l'une et l'autre, et je l'ai dû : il faut des guerriers dans une République naissante, et les guerriers sont estimables quand ils joignent l'humanité au courage, comme ceux que j'ai désignés. Je déteste les Attila, mais j'admire les Alexandre.

L'*Ode au Vengeur* est encore un Poëme à la manière de Tyrtée. Cette Ode est une des moins mauvaises qui soient sorties de ma plume, depuis la révolution, qui m'en a inspiré un si grand nombre de ce genre. Elle est ensevelie dans des Recueils qu'on ne lit plus, et j'ai cru devoir l'exhumer, parce qu'elle a quelques rapports avec les circonstances présentes. Elle est, d'ailleurs, précédée d'une Lettre du citoyen Saint-Ange, qui m'honore infiniment, et dont j'aime à me parer, parce qu'elle a été dictée par l'amitié, et parce qu'une sage critique y tempère ce que l'éloge pourroit avoir de trop cru et de trop amer pour moi. Heureux si, après avoir obtenu le suffrage de l'élégant traducteur d'Ovide, ces foibles ouvrages peuvent obtenir le vôtre !

Salut et Respect,

CUBIÈRES.

LA PAIX (1),

OU

LE TRAITÉ DE LUNÉVILLE.

Est-ce l'homme des champs qui peut aimer Bellone ?
Il les sème avec soin, c'est elle qui moissonne,
C'est elle qui dévore et les fruits et les fleurs,
Qui fait couler le sang, qui fait verser des pleurs,
Est-ce une mère ? Hélas, une mère sensible
Peut-elle voir un fils, qui se croit invincible,
Aller chercher la mort au milieu des hasards,
Et tomber expirant sous les drapeaux de Mars ?
Ou revenir, suivi de ses compagnons d'armes,
Chargé d'affreux lauriers qu'elle arrose de larmes ?
Est-ce un navigateur ? il voit tous ses vaisseaux
Avec tous ses trésors engloutis sous les eaux.
Dans ces tristes combats où, sur les mers profondes,
Le sang à gros bouillons se mêle avec les ondes.

    Malheur aux Nations, malheur aux Potentats,
Qui, dans le vain espoir d'aggrandir leurs États,
Font à la douce Paix succéder les tempêtes !
C'est haïr les humains que d'aimer les conquêtes.

    Ainsi je déplorois, dans le calme des nuits,
Les effroyables maux que la guerre a produits ;

---

(1) Ce Poëme de Cubières a été lu dans la Séance publique du Lycée de Paris, le 17 germinal an 9.

Ainsi je déplorois le trépas de nos braves
Morts aux rives du Nil, dans les marais bataves....
D'une douleur sincère, ô déplorable effet !
Du valeureux Joubert (1) l'ombre m'apparoissoit :
Je le voyois périr au sein de la victoire,
Et, de lauriers couvert, traverser l'onde noire.
Une épouse de pleurs arrosoit son tombeau,
Et l'hymen, auprès d'elle, éteignoit son flambeau.

    Aux plaines du Delta, non loin des pyramides,
Je voyois, élevé par des prêtres perfides (2),
Un Seïde nouveau, lâche autant qu'inhumain,
Sur un nouveau Zopire oser porter la main,
Et Kléber expirant laisser veuve une armée.

    Mais, près du Mincio, quelle troupe alarmée
Par le bronze ennemi voit ses rangs entrouverts ?...
Est-ce aux républicains à craindre des revers ?
Desaix arrive, il vole, un héros le seconde,
Desaix tombe en sauvant la liberté du monde.

    Je déplorois le sort de ces nombreux guerriers,
Et n'osois, sans frémir, contempler leurs lauriers ;
Je n'aime point le sang, d'une liberté sage
Je voudrois qu'en tout temps on fit un noble usage ;
Que cette liberté, prévenant nos malheurs,
Pût vivre parmi nous, sans nous coûter de pleurs.
Quel subit changement ! l'airain des funérailles
Tonne en signe de joie au sein de nos murailles...
En sursaut je m'éveille, en quittant l'édredon
Où sommeille un poète en digne Céladon,
Je cours au grand palais où, surpris par l'aurore,
Pour le salut de tous le Consul veille encore ;
Le peuple est rassemblé dans ce même séjour,
Pour sentir son bonheur, il n'attend pas le jour ;

Je le vois dans l'extase : une belle déesse
Que la raison précède, et que suit la sagesse,
La Paix, l'aimable Paix se présente à mes yeux,
Le mirte et l'olivier, sur son front radieux,
S'entremêlent en cercle, et la gerbe dorée
Achève de mûrir dans sa main adorée.
L'amour est sur ses pas, armé de son flambeau,
Pour mieux la contempler, il ôte son bandeau,
Et des partis éteints, des haines étouffées,
Avec un doux sourire, il abat les trophées.
Tout le peuple la suit, il doit à son retour
La présence des jeux qui composent sa cour.
Avec reconnoissance autour d'elle il s'empresse,
Et pousse dans les airs les chants de l'alégresse.
Joseph (3) et Cobentzel la tenant par la main,
Du palais, en riant, lui montrent le chemin ;
Et ces ambassadeurs, chargés de la conduire,
Pénètrent avec elle, et la font introduire :
  « Général magistrat, dit la Divinité,
Vous tenez dans vos mains la souveraineté ;
Le peuple vous la donne, et par un doux échange,
Vous rendez à ce peuple un sénat qui le venge
Du joug impérieux de vingt rois irrités,
Et des législateurs fidèles aux traités.
  A l'orage pourtant doit succéder le calme,
Vos mains de la victoire ont moissonné la palme,
Et le Nil vous a vu, favori du destin,
Faire trembler le trône où siégea Constantin.
C'est peu d'avoir conquis son riche territoire,
Il vous faut conquérir une plus belle gloire :
Celle de pardonner ajoute à la vertu ;
Frappe-t-on l'ennemi quand il est abattu ?

Ah ! vous ne voulez point des cours suivre l'usage ;
Adopter leur morale , emprunter leur langage ;
Et puisque votre oreille est fermée aux flatteurs ,
Faites régner la paix , la justice et les mœurs.

 Voyez-vous dans mes mains cette gerbe féconde ;
Le soc de Triptolême est le levier du monde ?...
C'est en vain que le peuple admire les guerriers ,
Le peuple vit de pain , et non pas de lauriers.
Les guerriers ! qu'ai-je dit ?... Mars est un parricide ,
Au trépas des humains, avec joie il préside ,
Il dévaste les champs, ravage les guérets ;
Ch.... (4) veut réparer tous les maux qu'il a faits.
Du ministre Ch...., accélérez l'ouvrage ,
Partagez les travaux et la gloire d'un sage :
Les sages font le bien, Mars n'a que des fureurs ,
Il faut craindre de lui jusques à ses faveurs.

 »On n'entend pas toujours, au milieu des orages ,
Le tonnerre à grand bruit déchirer les nuages ;
Il se tait, il s'appaise, et sous un ciel serein ,
Par degrés le soleil, des astres souverain,
Étend sur les vergers sa féconde influence ,
Et rend aux laboureurs la joie et l'espérance.
Si l'ambition seule arma souvent les rois ,
Et d'un crêpe lugubre enveloppa les lois,
Les peuples à l'envi s'arment pour la justice ;
Consul, vous détestez la fourbe et l'artifice ,
Et nos vieux préjugés sont plongés au cercueil.

 »Laissez le fier Anglais conserver son orgueil ;
Que peut-il contre vous ? Comme l'on voit des ondes
Mourir contre un rocher les fureurs vagabondes :
Telle on verra bientôt sa fureur expirer,
Armé pour vous combattre, il va vous admirer.

Déjà de toutes parts on m'appelle, on m'implore,
J'entends crier LA PAIX ! du couchant à l'aurore ;
Et de l'ourse au midi, les malheureux mortels,
De meurtres fatigués relèvent mes autels
Jusqu'à ce jour, hélas ! ensevelis sous l'herbe.

» Pardonnez au vaincu, méprisez le superbe ;
Et foulant à vos pieds de viles passions,
Faites revivre enfin le droit des Nations ;
Qu'à la loi du plus fort, par degrés il succède :
Des maux de l'univers la Paix est le remède.

» Que vois-je autour de vous ? des monts audacieux
Qui ceignent de remparts vos champs aimés des cieux !
Qu'entre ces monts altiers, comme en un doux asyle,
Fleurisse désormais mon olivier tranquille ;
Que la palme des arts y croisse avec les fleurs,
Et couronne vos fronts de ses vives couleurs ».

» Le visage entouré d'une pudeur naïve,
A ces mots elle avance, et d'un rameau d'olive,
Au général Consul, en signe d'amitié,
Avec un doux sourire, elle offre la moitié ;
Il s'incline et reçoit la branche desirée
Qui semble ramener le beau siècle de Rhée ;
Ensuite il lui répond : « Déesse, aimable Paix,
Tous vos vœux en ce jour vont être satisfaits :
Entre ces monts altiers, comme en un doux asyle,
Vous voulez voir fleurir votre olivier tranquille ;
Eh bien ! tel est le vœu que le fils des Césars
A déjà fait porter dans nos joyeux remparts.
Avec le coq français (5) l'aigle germain s'allie,
La Gaule tend la main à la belle Italie,
Et vos rameaux féconds peuvent s'étendre enfin,
Des bords de l'Éridan, jusqu'aux rives du Rhin :

Que dis-je ? ils vont couvrir les Alpes étonnées,
Les rocs helvétiens, et les deux Pyrénées,
Le Rhin sert de limite à l'empire français.

    Il voloit chaque jour de succès en succès,
Le peuple généreux dont je suis l'interprète ;
Il pourroit vaincre encor, sagement il s'arrête,
Il est reconnoissant, fidèle envers les rois
Qui du haut de leur trône ont respecté ses droits ;
Tel fut, tel est toujours le roi de l'Ibérie,
D'un prince de son sang au duché d'Étrurie
Le pouvoir va s'étendre, et les peuples surpris,
Le verront sans effroi sur deux trônes assis :
Du sage Condillac, il fut le digne élève.

    Sur un trône qui tombe, un trône se relève,
Tels sont les changemens opérés par le sort :
Des États ébranlés retrempons le ressort.
Lunéville a changé (6) la marche accoutumée,
C'est l'amitié qui règne, et ce n'est plus l'armée,
Ainsi que nos aïeux, nous touchons à-la-fois
Et dans la main du peuple (7) et dans la main des rois.

    Plus de Congrès surtout (8) ; ces longues assemblées
Par des dissentions quelquefois sont troublées,
Et les ambassadeurs sont des anges de paix,
Qui ne doivent sur nous verser que des bienfaits.

    Il ne faut au Français que de rians spectacles,
Et voulant triompher des malheureux obstacles
Que l'orgueil ou la haine oppose à son bonheur,
J'ai fait taire la force et consulté l'honneur.

    Ces peuples que des lois, qu'on dit démocratiques,
Ont déjà fait monter au rang des Républiques,
Conserveront ces lois qui furent leur soutien :
Le Batave indompté, le fier Helvétien,

Le superbe Génois , le Lombard intrépide ,
N'auront tous désormais qu'un souverain, qu'un guide ;
LA LIBERTÉ. Veillons au bonheur des États ;
En observant les mœurs , et surtout les climats :
Tel peuple hait les rois , tel autre sert un maître ;
Je suis républicain , et je me plais à l'être.

Mais , ô douleur profonde ! ô regrets déchirans !
Quand partout je me montre ennemi des tyrans ,
Lorsque j'éteins partout le belliqueux tonnerre ,
Lorsque je veux la Paix , Albion veut la guerre.
Pour les malheurs du monde , Albion sans pitié ,
De vingt peuples divers refuse l'amitié.

Ils voulurent aussi, les maîtres de Carthage (9) ;
Asservir l'univers et régner sans partage !
Ils avoient des vaisseaux , un commerce , des ports ;
Et vainqueurs au dedans ; et vainqueurs au dehors ,
Ils virent en Espagne, en Sicile , en Afrique ,
S'étendre par degrés leur pouvoir despotique.
Courtiers des nations , superbes brocanteurs ,
Ils foulèrent aux pieds la justice et les mœurs ;
Mais Rome les dompta, mais Rome à leur ivresse
Opposa de ses lois la constante sagesse (10).
Carthage eut des trésors, Rome avoit des vertus ;
Et par elle des mers les tyrans abattus ;
Virent enfin s'éteindre avec leur République,
La foi qu'ils violoient , et qu'on nomme *punique.*

Ce qu'ont fait les Romains , nous l'oserons tenter ;
La Paix est commencée , il la faut cimenter :
Eh ! de quel droit l'Anglais se dit-il roi des ondes (11) ;
Et veut-il usurper le sceptre des deux Mondes ?
L'Éternel qui créa tant de globes divers,
S'est-il avec l'Anglais partagé l'univers ?

2

Les mers n'ont point de rois, leur mouvement rapide
Ne souffrira jamais une main qui les guide
Ainsi que dans les airs, sur l'abîme des eaux,
Les vents chassent les vents, les flots chassent les flots;
Et du vieux Océan la turbulente plaine
D'une liberté vaste est le vaste domaine :
Nous la rétablirons : oui, belle Déité,
Oui, nous rendrons aux mers toute leur liberté;
Oui, pour faire partout adorer votre empire,
Et non pour opprimer, non surtout pour détruire.
Nous reprendrons le fer qui vainquit dans nos mains,
Et Carthage deux fois aura vu les Romains.

Mais, que dis-je ? l'Anglais a des vertus sans doute,
De la philosophie il a trouvé la route,
Avec grandeur il pense, et nous ne voulons pas
Creuser en l'admirant l'abîme sous ses pas.
Ce n'est que ses tyrans que nous voulons abattre :
Nous savons pardonner, si nous savons combattre.
Un peuple, quel qu'il soit, obtiendra notre amour,
Si d'un tribut d'estime il nous paye à son tour.
Nous imitons les dieux qui n'aiment point la guerre,
Et toujours à regret nous lançons le tonnerre.

Des mêmes sentimens FRANÇOIS est animé,
Il renonce à Bellone, il ne veut qu'être aimé,
Et tous les rois du Nord imitent son exemple;
De Janus à l'envi tous ont fermé le temple,
Tous ont ouvert le vôtre, et leurs joyeux accens
Déjà montent vers vous avec leur doux encens.
La Paix de Lunéville, en merveilles féconde,
Fera, n'en doutez point, naître la Paix du monde;
Ai-je, rempli vos vœux, sage Divinité,
Et consentirez-vous à signer le Traité ?

« Oui, je le signerai, réplique la Déesse ;
Et du peuple surtout j'approuve l'alégresse ;
Qu'elle règne en tous lieux (12). Un ministre animé
Du désir de me plaire ; ainsi que d'être aimé ;
Dans son palais, dit-on, me prépare une fête ;
Où je dois avec vous souper en tête à tête.
N'y manquez pas, venez ; j'estime les guerriers
Qui mêlent sur leur front mon olive aux lauriers ;
Et qui sont généreux au sein de la victoire.
De votre amour pour moi dépendra votre gloire.
Sans moi, les conquérans, les rois, les empereurs
Tombent de faute en faute et d'erreurs en erreurs.
C'est moi qui les soutiens, c'est moi qui les anime ;
Qui leur dicte de lois un code magnanime ;
Moi qui les fais régner, et qui de jour en jour
Des peuples enchantés leur attire l'amour.
Voulez-vous toujours plaire ? il faut m'être fidèle.
» Mais le ministre attend, son banquet nous appelle ;
Et j'ai toujours compté sur son goût délicat :
Là doit lire *Esmenard* (13), là doit chanter *Garat*,
Et grace à leur concert qui parcourt l'étendue,
Du rossignol absent la voix est entendue.
Malgré les noirs frimats, là sont de verds gazons ;
Là des fleurs, là des fruits de toutes les saisons ;
Des convives charmés pour redoubler l'extase,
Un sage ambassadeur, là, par un bel ukase,
Doit au nom de son prince approuver le Traité
Qui me sera par vous dès ce soir présenté.
Monsieur Luchésini (14) doit l'approuver de même ;
Il fut le digne ami d'un souverain que j'aime,
Du second FRÉDÉRIC, qu'on a surnommé GRAND ;
A la cour, au Parnasse, il règne en conquérant.

Là, les auteurs légers du léger Vaudeville
Adouciront leur Muse en malices fertile ;
Là, Clotilde et Gardel, couple rempli d'appas,
Voltigent sur les fleurs, et ne les courbent pas.
Dans un quadrille heureux les Nations amies,
Là doivent tour-à-tour s'enlacer réunies,
Et les regards verront, pour le plaisir des cœurs,
Sauter, bondir ensemble et vaincus et vainqueurs.
Que ne puis-je, à l'instar de cet heureux quadrille,
Faire du monde entier une seule famille !
Mes vœux n'aspirent tous qu'à sa félicité ».

Elle dit, et soupire : à la Divinité
Le Consul tend la main, et tout couvert de gloire,
La conduit dans le char qu'il tient de la Victoire ;
Char rapide et brillant, char fait pour les héros,
Et que n'atteignent point les boulets infernaux.

On dit que le Consul, étant seul avec elle,
Lui jura de l'aimer d'une ardeur éternelle ;
On dit que la Déesse, en ces momens heureux,
Lui promit du retour, fut sensible à ses feux,
Et que chez le ministre, aussi sage qu'habile,
Fut signé le Traité parti de Lunéville........
On dit.... Mais, taisons-nous, Muse, soyons discrets,
Et ne révélons point les articles secrets (15).

NOTES
DU POËME DE LA PAIX.

(1) Voulez-vous bien connoître Joubert ? lisez l'Éloge funèbre qu'en a fait Garat, et qu'il a prononcé lui-même au Champ-de-Mars, le 3o fructidor an 7 , en présence d'un peuple immense. Jamais assemblée ne m'a paru plus imposante ; jamais discours ne m'a paru plus éloquent! Il semble que l'auditoire s'enflammoit à l'aspect de l'orateur , et que l'orateur partageoit l'enthousiasme de l'auditoire : ainsi échauffés l'un par l'autre , ils m'ont offert l'un des plus beaux spectacles que j'aie vus de ma vie.

(2) Les lecteurs des mosquées sont des espèces de prêtres, et l'on sait que l'assassin de Kléber fut endoctriné par quelques-uns d'entr'eux ; on sait que l'assassin et les complices ont été punis de mort. C'est encore Garat qui a fait l'Éloge funèbre de Kléber et de Desaix , et peut-être ai-je tort de le rappeler : on n'oubliera jamais ni l'historien ni les héros.

(3) C'est Joseph Bonaparte et le comte de Cobentzel qui ont signé le Traité de Lunéville. Quelles marques de reconnoissance ne leur doit pas la Nation française ! Le Tribunat s'est déjà acquitté envers le premier, en lui votant des remercîmens.

(4) Le ministre de l'Intérieur a , dit-on, des projets

admirables pour faire fleurir l'agriculture. Le ministre François de Neuchâteau en avoit aussi , et malheureuse= ment, on ne lui a pas donné le temps de les exécuter. Espérons que le Ministre actuel achèvera l'ouvrage de son prédécesseur. C'est l'agriculture qui fait la force des États, c'est elle qui en est le soutien : cette vérité , souvent ré- pétée , est encore bonne à dire. Je voudrois que sur les débris des anciens Ordres de Chevalerie, on établît l'Ordre de l'Agriculture , et que le signe de cet Ordre fût une jolie gerbe d'or qu'on porteroit à la boutonnière. Je voudrois que cet Ordre ne fût donné qu'à des laboureurs qui auroient fait quelque découverte , ou qu'à des hommes actifs et laborieux qui auroient vieilli dans les travaux de la cam- pagne. Il me semble que cette décoration noble et simple vaudroit bien les crachats de l'ancien régime. Cet Ordre, au surplus , existe déjà en Suède , et je crois que c'est le grand Gustave Wasa qui l'a fondé. Pourquoi les répu- blicains n'imiteroiënt-ils pas les rois dans les bonnes choses qu'ils ont faites ?

(5) Quelques littérateurs de mes amis , à qui j'ai lu mon foible Poëme , ont critiqué ce vers :

Avec le coq français , l'aigle germain s'allie.

ils ont dit que le coq n'y étoit point assez ennobli, et que cet oiseau de basse-cour , mis dans des vers nobles, feroit rire. Quoique plein de respect pour leurs lumières , j'ai laissé subsister mon coq : il m'a semblé que le Français ne pouvoit être mieux caractérisé que par l'oiseau qui est son emblême. Le Français, d'ailleurs , est appelé *Gallus*, et l'on sait ce que *Gallus* veut dire. J'avois vu enfin dans le tombeau du maréchal de Saxe , l'un des chefs-d'œuvre du fameux Pigalle, un coq qui terrasse un aigle ; et qui le

tient avec fierté enchaîné dans ses éperons nerveux. Cette
idée a fait naître la mienne. L'esprit des arts est un flambeau qui passe de main en main , et qui remplit de sa
flamme tout ce qui l'environne : les sculpteurs imitent les
poètes , et les poètes imitent les sculpteurs.

(6) Ce vers est tiré du Traité de Paix , presque mot à
mot ; ce n'est pas le seul que le Traité m'ait fourni. Les
jeunes gens qui écrivent aujourd'hui devroient bien se pé-
nétrer d'une vérité , c'est que la révolution n'a pas été faite
seulement dans la politique , mais encore dans la littéra-
ture ; et peut-être devroient-ils , plus qu'ils ne font , nour-
rir leurs ouvrages des grandes idées qui naissent de la tour-
mente des opinions , et qui sont consignées dans plusieurs
actes de l'autorité publique. C'est de nos jours , plus que
jamais , que le poète doit-être à-la-fois poète , historien
et philosophe. Je suis Gros-Jean qui remontre à son curé ,
mais qu'importe ? on doit profiter des bons avis , de quelque part qu'ils arrivent.

(7) L'ancienne chimère des diplomates étoit un équi-
libre qui n'a jamais existé entre les puissances de l'Europe ,
et qui cependant a eu beaucoup de partisans. Il faut con-
venir que le traité de Campo - Formio , et surtout celui
de Lunéville , ont entièrement détruit cette chimère : là
vous voyez un empire qui duroit depuis quatorze cents
ans , renversé en quatorze minutes ; ici un roi dépossédé
et obligé de céder ses États à un autre roi : plus loin des
républiques sortent du fond des marais , d'autres s'établis-
sent sur des rochers escarpés ; il n'est pas jusqu'aux sables
brûlans des déserts de Barca , qui n'aient été empreints
de la trace des citoyens soldats , qui ont pour ainsi dire
changé la face du globe. C'est avec des trônes enfin que

la nation française semble avoir joué aux palets, et c'est
la tête des rois qui a semblé lui servir de but. Tout est
bouleversement, je l'avoue, dans la révolution qu'elle a
faite, mais aussi tout, ou presque tout est prodige. Il falloit que ce mouvement s'arrêtât, et le traité de Lunéville
y a mis un terme ; il est comme le premier anneau de cette
longue chaîne, où se trouveront enlacés tous les peuples
de l'Europe, et dont successivement ils formeront les
nœuds. Il abolit tout l'ancien système fédéral, pour en
créer un nouveau ; et si, comme le vouloit Charlemagne,
le gouvernement français peut parvenir à unir ensemble
la mer Noire, l'Océan et la Méditerranée, par un canal
qui joigne le Rhin et le Danube, il embrassera tout à-la-
fois les terres et les mers, et rappellera le géant de la fable,
qui creuse un lit au vieux Neptune, entre Calpé et Abyla.

Si l'on veut, au surplus, avoir un tableau aussi vrai que
sublime des changemens apportés dans le système politique de l'Europe, par la révolution française, qu'on lise
l'ouvrage que vient de donner sur cette matière le citoyen
Hauterive ; c'est un chef-d'œuvre de perspicacité, de rai-
sonnement et de style.

(8) Sans parler ici du trop fameux Congrès de Rastadt,
dont l'histoire sera forcée d'écrire en lettres de sang la
malheureuse issue, à quoi ont servi tant d'autres Congrès
qu'il est inutile de rappeler, et entr'autres celui de Cam-
brai, qui s'ouvrit le 24 janvier 1724 ? Les plus grands politiques y étoient assemblés pour régler les intérêts de l'Europe ; il n'en sortit qu'un futile réglement sur le cérémo-
nial qu'on devoit y observer, et encore ce réglement fut-il
calqué sur le plan qui avoit été arrêté au Congrès d'Utrecht,
et messieurs les ambassadeurs restèrent quinze mois à ac-
coucher de ce bel ouvrage. Je ne sais si je me trompe,

mais il me semble que partout où il y a beaucoup de diplomates assemblés, il y a aussi beaucoup de paroles inu-
tiles : on obscurcit certaines questions à force de les dis-
cuter, et peut-être n'est-il pas inutile que, de temps en
temps, un Alexandre vienne trancher le nœud gordien.

(9) Jamais empire ne fut plus puissant que celui de
Carthage, et jamais empire ne fut plus promptement détruit. Ce qui m'étonne le plus dans les guerres qu'eurent
entr'elles les deux républiques les plus célèbres de l'univers, c'est de voir toutes les richesses d'un côté, et rien
de l'autre, si ce n'est une pauvreté noble. Que dis-je ?
Rome n'avoit point de vaisseaux, lorsqu'elle se défendit
contre Carthage, ce fut avec ceux des Argilliens, s'il faut
en croire Polybe, que le Consul Appius Claudius se mon-
tra pour la première fois sur la Méditerranée, et cependant Carthage commença à trembler. Que ne doit-on pas
augurer de la République française, qui a des hommes,
des vaisseaux, des magasins, et qui a surtout des Consuls
non moins formidables que ceux de Rome ?

(10) Ces lois étoient celles des Douze Tables, lois admirables par leur clarté, leur simplicité et leur sagesse,
lois qui auroient préservé la république romaine de tous
ses malheurs, si elles avoient été constamment obser-
vées ; mais l'envie d'en donner aux autres lui fit négliger
les siennes propres, et il n'y a qu'un pas de la négligence
à l'inobservation. Belle leçon pour les républiques nais-
santes ! heureuses si elles en profitent ! Que nous manque-
t-il à présent pour suppléer à la loi des Douze Tables ?
un bon Code civil, et nous l'aurons sans doute : le Consul
Cambacérès en a jeté les fondemens dans le projet qu'il
publia il y a quelques années, et l'édifice sera achevé par

les citoyens Bigot de Préameneu, Tronchet et Portalis.

Je ne doute pas du talent de ces derniers, mais le Consul Cambacérès aura toujours la gloire, comme on dit, d'avoir *attaché le grelot*. Je me souviens que, dans le temps, il eut la bonté de m'envoyer un exemplaire de son Code, pour lui faire mes observations. Hélas ! je n'étois guères en état de lui donner des lumières, mais sa modestie égala ma reconnoissance. Oh ! que nous serons heureux, si ce Code civil s'achève enfin, et s'il est conforme, non seulement aux besoins, mais au caractère de la Nation ! C'est tout ce qu'elle desire en ce moment, et c'est à Cambacérès qu'elle devra la plus grande partie de son bonheur. Les circonstances ne lui permirent pas de tout dire dans son premier travail, mais il en dit assez pour indiquer le mal, et pour faire trouver le remède. Honneur à Cambacérès et aux vertueux citoyens qui marchent si noblement sur ses traces !

(11) On n'a point oublié qu'un député au Parlement d'Angleterre ouvrit une fois son discours par ces propres paroles : *On ne doit, dans aucune partie du monde, tirer sur la mer un coup de canon, sans la permission de la Grande-Bretagne.* C'est à quoi j'ai voulu répondre dans les vers qui suivent. Cette folie, au surplus, n'est pas nouvelle : on se rappelle ce roi insensé qui fit charger de chaînes l'Océan, pour lui prouver qu'il étoit son maître. Le doge de Venise étoit plus sage, monté sur le Bucentaure, il épousoit la mer tous les ans, et lui faisoit présent d'un bel anneau.

(12) Un ancien disoit, en parlant d'un fameux politique de son temps, *que sa porte étoit toujours ouverte, et son visage toujours fermé.* Ce mot n'est point applicable au ministre dont je parle en ces vers : sa porte est,

à la vérité, quelquefois fermée, mais son visage est tou‑
jours ouvert : qu'on le considère sous nos rois, sous nos
assemblées législatives, sous le Directoire et sous les Con‑
suls, il a toujours été le même, c'est‑à‑dire, toujours dis‑
cret, mais jamais faux, toujours réservé, mais toujours
franc et loyal. Persécuté par tous les partis, en butte à
toutes les opinions, il a toujours triomphé de tous les orages;
et peut‑être l'a‑t‑il moins dû à sa bonne étoile, qu'à sa
bonne conduite. Quelques personnes se plaignent de n'a‑
voir jamais pu connoître son caractère; mais un homme
toujours chargé des secrets de l'État, doit‑il se laisser aper‑
cevoir; et son caractère ne doit‑il pas être un secret pour
tout le monde, et peut‑être pour lui‑même? C'est, en
quelque sorte une nudité, que de montrer son cœur,
quand on est, dans un Gouvernement naissant, Ministre
des Relations extérieures. Vouloir le bien, le faire autant
qu'on peut, et surtout signer la paix, voilà tout ce qu'on
peut exiger de lui. Le foible portrait que je fais ici de
ce Ministre, est d'autant plus désintéressé, et l'on doit
d'autant plus y ajouter foi, que je ne suis point lié avec
lui, et que je n'ai rien à lui demander.

(13) Le citoyen Esmenard s'est déjà fait quelques ad‑
mirateurs, par son Poëme sur la Navigation; mais il s'est
fait quelques ennemis par ses articles du Mercure, et
peut‑être pourroit‑il leur répondre comme un de nos per‑
sonnages tragiques :

. . . . Et je n'ai mérité
Ni cet excès d'honneur, ni cette indignité.

Quoi qu'il en soit, lorsque j'ai lu mon Poëme à quel‑
ques‑uns des hommes que les articles du Mercure ont peu
satisfaits, tous m'ont conseillé d'en retrancher son nom,

et peut-être l'aurois-je fait, non que je partage leur opi-
nion sur le citoyen Esmenard, mais parce que je n'aime
point à multiplier les êtres sans nécessité, et qu'à la ri-
gueur, j'aurois fort bien pu me passer de nommer le citoyen Esmenard dans mon Poëme. Mais le citoyen Esmenard est le premier qui ait fait une Ode en l'honneur de
la Paix; et que cette Ode soit bonne, ou non, l'auteur
n'en a pas moins l'honneur de la priorité. S'il y a quelquefois du mérite à faire bien, mérite qui n'est pas étranger
au citoyen Esmenard, il y en a quelquefois à faire vite,
malgré le conseil de Boileau; et ce dernier mérite est
surtout celui que j'ai voulu célébrer. Cette Ode a été lue
d'ailleurs dans le lieu que je décris, à la fête de la Paix;
et le nom de cette Déesse ne devroit-il pas étouffer toutes
les querelles parmi les gens de lettres, comme parmi les
courtisans et les guerriers?

On se hait au Parnasse, encor plus qu'à Versailles,

a dit Voltaire. Faut-il, hélas! qu'il ait dit vrai, même
après le Traité de Lunéville!

Le citoyen Esmenard n'est pas le seul, au surplus, qui
ait chanté la Paix, le citoyen Saint - Ange a fait aussi
une Ode qui, pour n'avoir pas été lue chez le Ministre
des Relations extérieures, n'en a pas moins de beautés:
le citoyen Caille, qui n'est point le libraire Caille, chez
lequel Voltaire alloit quelquefois:

J'étois, lundi, passé chez mon libraire Caille.

le citoyen Caille, dis-je, en a fait une aussi dont on ne
dit pas qu'elle ne vaut rien qui vaille, et le citoyen Fa-
min, pour couronner l'œuvre, a composé un ou une hymne
latine ou latin, à la manière de Santeuil, qui vaut pour le
moins l'*Ut queant laxis resonare fibris*, s'il ou si elle ne.

vaut pas davantage, et qui sera sûrement chantée ou chanté
dans toutes les paroisses, lors de la restauration du culte de
nos pères. Le Moniteur vient de nous gratifier aussi d'un superbe *Plausus poeticus* sur la paix, du citoyen Sopransi,
législateur cisalpin.

Mais pourquoi cette longue énumération, vont me dire
quelques lecteurs ? elle est assez mal-adroite, lorsqu'on a
fait soi-même un long Poëme sur la Paix. Elle annonce,
au moins quelque modestie, leur répondrai-je, et ne
devois-je pas vous indiquer la source où vous puiserez l'an-
tidote qui vous guérira de l'ennui que vous ont causé mes
trois cents mortels vers alexandrins ?

(14) Lorsque j'eus publié, il y a près de vingt ans, un
mauvais Théâtre moral en deux gros volumes in-8.°, je
l'envoyai au roi de Prusse, par les mains de M. Luchésini, et M. Luchésini m'envoya, de la part du roi de
Prusse, une lettre de ce monarque, infiniment honorable
pour moi. Mon Théâtre moral est oublié, mais je n'ai oublié ni la lettre de Frédéric II, ni le bon procédé de
M. Luchésini ; et j'ai cru, par reconnoissance, devoir
le nommer dans mon Poëme. Peut - être aurai - je blessé
sa modestie, en le faisant régner à la cour et au Parnasse ;
mais ce n'est pas ma faute s'il est en ce moment direc-
teur de l'Académie de Berlin, l'une des plus savantes
de l'Europe, et s'il a la confiance entière de son souverain.

(15) Quelques personnes ont critiqué les derniers vers
de mon Poëme, ceux, entr'autres, où je décris la fête que
le Ministre des Relations extérieures a donnée chez lui
à l'occasion de la Paix : elles ont trouvé que ces vers étoient
d'un ton trop familier, et qu'ils faisoient disparate avec

le reste ; mais ces personnes n'ont pas observé que la Paix est une Déesse aimable et sans façon , qui se fait *toute à tous* , pour ainsi dire, et qu'en la célébrant , je ne devois pas prendre un ton ampoulé ni gigantesque. La douce et tendre Hébé ne parloit point comme la fière Junon, et les Grâces ont chez les anciens poëtes un langage tout différent de celui des divinités du premier ordre. Je me suis fait une loi d'ailleurs , dans presque tous les Poëmes que j'ai publiés jusqu'à présent , c'est de prendre tous les tons autant que je peux , et de passer *du grave au doux , du plaisant au sévère ,* et je ne m'en départirai jamais. Que cette manière plaise , ou non , je la conserverai ; je ne la donne pas pour bonne, mais pour mienne , comme disoit Montaigne , et je suis trop vieux pour me corriger.

Fin des Notes du Poëme de la Paix.

ÉPITRE

A VIRGILE;

SUR

LA BATAILLE DE MARINGO.

Je n'ai fait qu'indiquer, c'est à vous de décrire.

AVERTISSEMENT.

CETTE Épître à Virgile fut composée peu de temps après le gain de la bataille de Maringo; elle fut lue le 16 messidor an 8 , au Portique républicain , devant une assemblée immense, dans laquelle se trouvoient, comme spectateurs, plusieurs de ces braves qui formoient la fameuse Colonne de Granit , et je fus honoré de leurs applaudissemens. Elle fut lue le lendemain au Lycée de Paris, devant une assemblée non moins considérable, et de nouveau honorée d'un grand nombre de suffrages. Celui du Héros que j'y célèbre est le seul que je n'aie pu obtenir ; sa modestie l'a toujours empêché de me l'accorder, et c'est-là sans doute ce qui met le comble à ma gloire. Si j'ai eu tort cependant de le louer, tous ceux qui m'ont applaudi sont mes complices; et s'il falloit, comme dit un poète célèbre , *grossir , pour se sauver , le nombre des coupables* , je ferois le procès à la plus grande partie de l'Europe , car la plus grande partie de l'Europe admire le Premier Consul. En attendant qu'il veuille bien me faire grace, je fais réimprimer l'Épître à Virgile, avec la traduction en vers italiens qu'en a fait un auteur rempli de goût, d'érudition et de talent , le citoyen Povoleri. Cette traduction est surtout

3

remarquable, par l'extrême fidélité avec laquelle il a rendu mes idées et mes expressions. Il est le compatriote de Virgile, et il en parle le langage bien mieux que moi. Mes foibles vers ne pourront passer qu'à la faveur des siens. On sait que le Premier Consul, lors de la première campagne d'Italie, rendit les honneurs funèbres à Virgile, et fit affranchir des impositions le pays qui l'avoit vu naître : c'est-là ce qui me donna d'abord l'idée de cette bagatelle.

ÉPITRE

A VIRGILE.

ÉPITRE

A VIRGILE.

Sors du tombeau, Virgile, et reprends tes pinceaux,
Tu chantas les bergers, les saisons, les héros;
De nouveaux conquérans appellent ton génie.
  Non loin des bords heureux où tu reçus la vie,
L'astre du jour a vu d'intrépides guerriers
Aux champs de Maringo se couvrir de lauriers:
De tes braves Troyens leur valeur fut l'égale:
Maringo désormais est une autre Pharsale,
Où les destins du monde ont été balancés.
Peins-nous tous ces soldats, l'un sur l'autre élancés,
Qui de sang tout couverts, et plus encor de gloire,
Ont pris, cédé sans honte, et repris la Victoire.
  Peins ce jeune héros que le destin guida
Des bords féconds du Nil, aux rives de l'Adda;
Virgile, tu le dois (1), ce rival d'Alexandre,
Charmé de tes écrits, vint honorer ta cendre.
Ton laurier est encore humide de ses pleurs,
Et l'écho mantouan répète ses douleurs.
Andès où tu naquis, graces à son courage,
Lève un front dégagé du sceau de l'esclavage.
  Peins ce jeune héros qui traverse les rangs,
Ce héros dont le nom est l'effroi des tyrans,
Opposant aux Germains l'intrépide Colonne
Dont la mâle assurance épouvante Bellone;

EPISTOLA

A VIRGILIO.

Sorgi Maron; ravviva il suon de' carmi tuoi,
Tu che i pastor cantasti, le stagioni, gli eroi;
Risveglian la tua cetra nuovi conquistatori:
Vide guerrieri intrepidi coronarsi d'allori
Il cintio dio a Maringo, non lungi dall'ameno
Suolo ove tu spirasti il primo aer sereno:
Al valor de' Trojani fu eguale il lor valore;
Acquista di Farsalia Maringo oggi l'onore;
Ne' suoi campi del mondo fu decisa la sorte.
Canta que' prodi: slanciansi a gara incontro a morte
Di sangue aspersi; vincono, e ognor cinti di gloria,
Cedon da forti, e volano di nuovo alla Vittoria.
    Canta il giovine eroe che il ciel dalle feconde
Spiaggie del Nilo scorse dell' Adda in su le sponde.
Tu lo devi, o Virgilio (1); d'Alessandro il rivale,
Da tuoi carmi allettato, di fior l'urna immortale
Ornar venne; il tuo lauro molle è ancor del suo pianto,
Ripete il suo dolore l'eco fedel di Manto.
Andes dove nascesti, mercè il di lui coraggio,
Erge la fronte libera da impronte di servaggio.
    Questi è il prode guerriero che, ancor ne' suoi verd'anni,
Col nome solo spande il terror fra i tiranni,
Ai Germani l'intrepida sua Colonna opponendo
Che spaventa Bellona col suo sguardo tremendo;

Qui d'un roc de granit (2) offre la dureté,
L'imperturbable masse et l'immobilité.

Peins de l'airain tonnant les bouches enflâmées
D'un tourbillon de feu couvrant les deux armées ;
Berthier, Victor, Murat, que la gloire conduit,
Combattant à travers la fumée et le bruit ;
Le jeune Beauharnais, doux espoir de sa mère,
Surpassant les exploits de son valeureux père,
Et Bonaparte enfin, que préserve le sort,
Sans pouvoir la trouver, cherchant partout la mort.

A l'aspect des hauts faits que le destin seconde,
De l'aigle impérial peins la douleur profonde ;
Son orgueil fut extrême, au léopard uni,
Il croyoit triompher : peins son orgueil puni ;
Peins-le baissant les yeux, sans perdre l'espérance ;
Mais ne pouvant fixer le soleil de la France.

Peins le brave Germain à son dernier soupir,
Fatigué de combattre, et non pas de mourir.

Peins Desaix, dont le nom appartient à l'Histoire,
Sous nos drapeaux sanglans ramenant la Victoire :
Que ton ombre tressaille au bruit de ses exploits ;
Pleure sur Marcellus une seconde fois.

Dans le jeune Lebrun (3) que sa valeur signale,
Peins d'un nouveau Nisus le nouvel Euriale :
C'est à lui que Desaix légua si tendrement
Sa dernière espérance, à son dernier moment.

Que ton vers toutefois, dans ses tableaux sincères,
N'aille point, imitant nos auteurs mercenaires,
N'attribuer qu'aux chefs les honneurs du combat,
Et les vanter sans cesse aux dépens du soldat.
Le Peuple seul fait tout : lorsqu'une grande armée,
Par l'amour du pays noblement animée,

Di roccia di granito (2) offre la duritate ,
La massa imperturbabile e l'immobilitate.

Rendi del bronzo il tuono; le sue bocche infiammate
D'un turbine di fuoco copron ambe le armate :
Berthier , Victor , Murat , spinti da gloria e onore ,
S'apron la via tra 'l fumo , e dell' armi 'l fragore.
Il giovin Beauharnais , la speme di sua madre,
Supera i fatti illustri del valente suo padre;
E Bonaparte invitto che ci salvò la sorte,
In ogni parte cerca , nè può incontrar la morte.

Dì qual sia , a tante imprese che il destino seconda ,
Dell' aquila imperiale la ferita profonda :
L'orgoglio suo fu estremo ; al leopardo unita
Al trionfo aspirava; del suo orgoglio è punita :
L'occhio dimesso e languido , spera , ma già anelante
Non ardisce fissare di Francia il sol brillante.

Del morente Germano vanta il nobile ardire,
È stanco di combattere , ma non già di morire.

Del buon Desaix il nome appartiene alla storia ,
Egli alle nostre insegne richiamò la Vittoria :
Delle sue gesta al suono, l'ombra tua che m'ascolta
Frema di duol; deplora Marcello un'altra volta.

Nel giovine Lebrun (3), dall' amico diviso,
Celebra il nuovo Eurialo d'un altro amato Niso :
Desaix nelle sue braccia morì, e lasciò contento
L'ultima sua speranza nell' ultimo momento.

Non imitar per altro, nel tuo sincero stile ,
Qualche autore moderno, e mercenario e vile ,
Nè attribuire ai capi della pugna l'onore,
A spese del soldato vantando il loro ardore.
Il Popol sol fa tutto; quando una grande armata,
Dall' amor della patria nobilmente animata,

Marche au nom de la gloire et de la liberté,
Je ris d'un capitan qui pense (4) avec fierté
Avoir seul d'une ville emporté les murailles ;
Ce sont les Plébéïens qui gagnent les batailles.
Tel nom fuit dans la tombe, enveloppé d'oubli,
Qui mérita souvent d'être seul ennobli.

　　Mais que fais-je, insensé ? tu ne saurois m'entendre,
Vingt siècles révolus ont dormi sur ta cendre,
Et pour te ranimer mes vœux sont superflus ;
Je t'implore, Virgile, hélas ! et tu n'es plus.
Que n'ai-je tes talens, ta grace poétique !
Comme j'embaucherois la trompette héroïque ;
Comme je chanterois tant de faits glorieux !
Mais j'ignore ton art toujours victorieux.

　　Je l'ignore cet art si vanté par Horace,
De marier ensemble et la force et la grace,
D'ennoblir les détails et de peindre à grands traits,
Et d'être grand toujours, sans charger les portraits ;
De fondre avec douceur la pensée et le style,
Et de pétrir le miel avec la dure argile.
O Virgile ! c'est toi dont les vers enchanteurs
Ont la saveur des fruits et tout l'éclat des fleurs.

　　Eh ! bien, jeunes auteurs, qu'entraîne un beau délire,
Suppléez ma foiblesse, armez-vous de sa lyre ;
Chantez de nos soldats les prodiges guerriers,
Et comme eux, à l'envi, couvrez-vous de lauriers.

　　Les voyez-vous, sans crainte, à travers les abîmes,
Des monts helvétiens escalader les cimes ?
Au sommet de l'Adule (5), avec effort traînant
L'attirail meurtrier du bronze fulminant ?
Et sous leurs pas tremblans entendez-vous la glace
Qui se brise et gémit sur un étroit espace ?

Marcia superba al nome di gloria e libertade,
Rido d'un capitano che, in rimote contrade,
Crede, altero, ch' ei solo (4) abattè le muraglie;
Sono i Plebei che pugnano e vincon le battaglie.
Resta talvolta un nome nell' ublio seppellito,
Che spesso ei solo merita d'essere annobilito.

Ma che fò mentecatto? tu intendermi non puoi;
Venti secoli scorsi ti separar da noi:
Per animarti sono superflui i voti miei;
Io t'imploro, Virgilio, aimè! tu più non sei.
S'io avessi le poetiche tue grazie e 'l tuo talento,
Come la tromba eroica imboccherei contento
Per celebrar le tante imprese valorose!
Ma l'arte tua m'è ignota per gesta sì famose.

L'arte che tanto Orazio vantò nella poesia,
Di riunire insieme la grazia e l'energia,
Illustrare i dettagli, pingere i gran soggetti,
Sostenersi poggiando, senz' aggravar gli oggetti,
Mantenere lo stile sempre al pensier fedele,
Ed alla dura argilla amalgamare il mele.
Tu sei quello, o Virgilio, i cui versi canori
Hanno il sapor dei frutti e tutto il brio dei fiori.

Giovani autori, voi che un sacro ardore inspira,
Supplite al debil suono, acccordate la lira;
De' nostri eroi cantate i fatti bellicosi,
E com' essi cingetevi d'allori gloriosi.

Vedete il Franco intrepido, fra rupi e balze orrende,
Scalar de' monti elvetici le sommità tremende?
Dell' Adulo alla cima (5) per forza strascinante
Gli attrezzi micidiali del bronzo fulminante?
Ristretto in breve spazio, sotto 'l pie mal sicuro,
Sentite, cigolando, frangersi il ghiaccio duro?

Entendez-vous les vents qui , du creux des vallons ,
Poussent vers les hauteurs la neige en tourbillons ?
Voyez-vous ces sapins , ces hêtres vénérables ,
Ces ifs religieux , ces antiques érables ,
Dont le feuillage sombre , en son vaste contour
Ne laisse aucun passage à la clarté du jour ;
Où tout paroît horrible , et dont les troncs énormes
Semblent porter les cieux sur leurs masses difformes ?

Peignez le général , peignez tous nos soldats
Descendant en tumulte au milieu des frimats ;
Nos étendards flottans dans les vallons d'Ivrée ;
Milan deux fois esclave , et deux fois délivrée ;
Turin cachant la foudre (6) au sein de ses remparts ,
Sous nos coups redoublés s'ouvrant de toutes parts ;
Sur son double château Savone défaillante ;
Coni prise toujours (7) , quoique toujours vaillante ;
Malgré sa forteresse (8) et son fougueux torrent ,
Tout l'orgueil de Tortone en un jour expirant ;
Gênes de sa souffrance encor toute livide ,
Gênes fidèle encor , malgré l'Anglais perfide.
Peignez-y Massena , par un sublime effort ,
Y supportant la faim plus dure que la mort ;
Massena toujours calme au milieu de l'orage ,
Abandonnant la ville et gardant son courage.

Mais en peignant Bellone et ses tristes hasards ,
N'oubliez point Minerve et les enfans des arts ;
Le Consul relevant l'école de Pavie.
Qu'ensemble ou tour-à-tour , affligée et ravie ,
Votre Muse tantôt exprime ses douleurs ,
Et tantôt du plaisir arbore les couleurs.
Vous cultivez les arts ; les arts , après la guerre ,
Sont des anges de paix qui consolent la terre.

Sentite l'aquilone che da valli profonde
Soffia nevosi turbini e in alto li diffonde ?,
Vedete quegli abeti, quei tassi maestosi,
Que' faggi venerabili, e quegli aceri annosi,
Le cui fronzute chiome nell' ampio lor contorno
Penetrare non lasciano l'alma luce del giorno;
Dove par tutto orribile, ed i cui tronchi enormi
Sembran portare i cieli su lor masse difformi ?
  Celebrate il gran duce, e i guerrieri che ardenti
Discendono in tumulto fra ghiacci, nevi e venti ;
Nelle valli d'Ivrea lo stendardo spiegato ;
Milan due volte schiavo, due volte liberato ;
Torin che asconde il fulmine (6) nel sen de' suoi bastioni ;
Esposto in ogni lato al folgor de' cannoni ;
Sul doppio suo castello Savona vacillante ;
Coni ancor preso (7), eppure da forte ognor pugnante ;
Malgrado la fortezza (8) e 'l rapido torrente,
L'orgoglio di Tortona in un giorno morente :
Livida ancor le gote, in angoscia ed affanno,
Fedele ancor, malgrado il perfido Britanno,
Genova dipingete ; Massena il prode, il forte,
Sopportando la fame piu cruda della morte,
Massena calmo e intrepido la cittade abbandona,
E serba un core invitto al furor di Bellona.
  Ma vi sovvenga, in pingere la guerra e i suoi perigli,
Di Minerva, e con essa vengan dell' arti i figli :
Ripristinando il Console la scuola di Pavia;
Ad un tratto, o a vicenda, afflitta e lieta sia
La Musa ; in voci querule ora esprima il dolore,
Ed ora in note vivide, il giubilo del core.
Voi coltivate l'arti, l'arti, dopo la guerra,
Sono angeli di pace, consolano la terra.

N'oubliez point surtout ces bons (9) religieux,
Par instinct bienfaisans, non par amour des cieux,
Qui du culte chrétien, fécond en artifices,
Ont toutes les vertus, sans en avoir les vices;
Que l'on voit sur ces monts, aux voyageurs errans
Aux voyageurs transis, sur la neige expirans,
Prodiguer tous les soins d'une ame hospitalière,
Les presser sur leur sein, les rendre à la lumière;
Qui pour les découvrir, dans mille affreux détours,
Du gardien des foyers empruntent le secours;
Et dont l'humanité douce, franche et durable,
A la piété feinte est cent fois préférable.

Mais c'est la Paix surtout, après nos longs discords,
Qui doit de votre Muse exciter les transports :
Par ses faits glorieux, le Consul la prépare;
Remerciez le ciel du bienfait le plus rare :
S'il est doux et brillant de triompher des rois,
Il est encor plus doux de n'obéir qu'aux lois.
La voyez-vous, la Paix qui, déployant ses ailes,
Sur nos climats descend des voûtes éternelles?
Voilà pour quels sujets, voilà pour quels tableaux,
Votre Muse en ce jour doit saisir ses pinceaux,
Apprêter ses couleurs et prendre en main sa lyre.....
Je n'ai fait qu'indiquer, c'est à vous à décrire :
Rendez-nous, s'il se peut, les chants virgiliens,
Vos couleurs, vos pinceaux, valent mieux que les miens.

Quel sujet plus heureux le dieu de l'Hypocrène
A-t-il jamais offert à votre noble veine?
Le héros voyageur que Virgile a chanté,
N'a fondé qu'un empire, encor mal cimenté;
Maringo promettant la liberté du monde,
Du bonheur populaire est la source féconde.

Dei monaci del monte (9) lodate il puro zelo;
Per istinto benefici, non per amor del cielo,
Della cristiana fede, feconda in artifizj,
Han tutte le virtudi, e ne abborrono i vizj.
Li vedete su i monti ai viaggiatori erranti,
Dal freddo intirizziti, sulla neve spiranti,
Porger tutt' i soccorsi d'un' alma intenerita,
Strignerli al sen solleciti, e renderli alla vita?
Per discoprirli impiegano, in mille occulti giri,
Del custode dei Lari i sagaci raggiri:
La loro umanitade, e sincera e durevole,
Alla finta pietade al certo è preferevole.
  Ma è la Pace che deve, la discordia già spenta,
Eccitare i trasporti della Musa contenta:
Con sue gesta sublimi il Consol la prepara;
Lodi sien rese al cielo per grazia così rara!
S'egli è dolce e brillante i troni sovvertire,
Egli è piu dolce ancora alle leggi ubbidire.
Non vedete la Pace che l'ali sue distende,
E da cerulei campi lieta fia noi discende?
Per quadro sì felice, per oggetto sì bello,
Deve la Musa vostra usare oggi il pennello,
Prender la cetra in mano, preparare i colori.....
Io l'accenno, a voi tocca adornarlo di fiori:
Spirate, s'è possibile, di Virgilio gli accenti,
Già il canto vostro supera gli umili miei concenti.
  Qual mai offerse il dio delle Camene suore
Soggetto piu propizio al nobil vostro ardore?
Il viggiatore eroe, che Virgilio ha cantato,
Fondò un impero solo, e non bene assodato;
Maringo che promette la libertà del mondo,
Del bene popolare fia il principio fecondo.

Voyez de toute part tant de sceptres brisés;
Tant de trônes croulans sur des trônes usés !
Quelle main désormais peut retarder leur chute ?
L'Anglais dans ses vaisseaux , le Lapon sous sa hute ,
Voudront tous des Français partager le bonheur ,
Dans la liberté seule ils mettront leur honneur.
Jetez , jetez les yeux sur l'Europe agitée !
Voyez le Rhin roulant son onde ensanglantée ,
Du monarque germain suspendre les projets ,
Et forcer son orgueil à demander la paix.
Voyez le fier sultan dans Bizance alarmée ,
Aux impuissans débris d'une puissante armée ,
Ordonner vainement d'aller reconquérir
La ville où Dufalga sut combattre et mourir.
Jusqu'en ses fondemens la Suède ébranlée;
Aux intérêts d'un jour la Bavière immolée ;
Et la Baltique seule à sa neutralité
Devoir son long repos et la tranquillité.
    Après tant de combats, voyez la France heureuse
Reposer sur les fleurs sa tête valeureuse,
Et Bonaparte enfin, au grand nom de Vainqueur,
Joindre le nom plus doux de Pacificateur.

Vedete da ogni parte tanti scettri spezzati,
Tanti troni scoscendersi su troni logorati!
Qual mano ormai sospenderne potrà la sovversione?
Tra le navi l'Inglese, fra capanne il Lapone,
Tutti goder vorranno della Francia i vantaggi;
Per la libertà sola saranno i loro omaggi.
Mirate, ecco l'Europa da per tutto agitata!
Il furibondo Reno con l'onda insanguinata
Del monarca germano sospende il corso audace,
E sforza il cor superbo a chiedere la pace.
In Bisanzio allarmato il sultano fremente,
Che gli impotenti avanzi d' esercito possente
In van tenta animare, e farli ripartire
Ver la città u' Dufalga pugnar seppe e morire.
Fin dalle basi scossa la Svezia sconcertata;
Ad interessi effimeri la Baviera immolata;
Ed il Baltico solo alla neutralitade
Dovere il suo riposo e la tranquillitade.

   Di fior perenni in seno felice al fin riposa,
Dopo tante vicende, la Francia valorosa.
E Bonaparte aggiunge, a quel di Vincitore,
Il nome via più dolce di Pacificatore.

NOTES

DE L'ÉPITRE A VIRGILE.

(1) RIVAL par sa valeur, par sa clémence, par son amour des arts, et non par son fol amour des conquêtes : on sait qu'Alexandre fit rendre à Pindare à-peu-près les mêmes honneurs que Bonaparte à Virgile. Voilà en quoi j'ai voulu les comparer.

(2) C'est le Premier Consul qui m'a fourni lui-même l'idée de ces vers, lorsque, dans une de ses lettres, il a comparé la garde consulaire à une COLONNE DE GRANIT.

(3) Le Consul Lebrun a traduit avec beaucoup de goût, et d'une manière originale, l'Iliade d'Homère et la Jérusalem délivrée du Tasse. Si le fils a lu les traductions du père, comme je n'en doute pas, il a dû se familiariser avec les images et les descriptions guerrières, car ces deux poètes en sont remplis. Quoi qu'il en soit le jeune Lebrun s'est bien battu à l'armée d'Italie. Il étoit l'ami du général Desaix, et c'est lui qui a reçu ses dernières paroles. Le fils est aussi brave, que le père est éclairé.

(4) On ne fera point ce reproche au Premier Consul, ni au général Berthier : l'un et l'autre se sont plu, dans toutes leurs dépêches, à rendre hommage à la valeur de nos armées. Leur modestie égale leur courage ; et pour vous en convaincre, lisez les Lettres du Premier Consul, et le Rapport du général Berthier sur la bataille de Maringo.

(5) Ptolomée et Strabon ont nommé le Mont St. Gothard *Adula*. Boileau Despréaux l'a heureusement fran-
cisé en le nommant *Adule*, dans son Épître sur le Passage
du Rhin. Qu'avois-je à faire de mieux que d'imiter mon
maître ? Ce n'est point, à la vérité, sur le sommet du Mont
St. Gothard que nos soldats ont transporté l'artillerie ; c'est
sur celui du Mont St. Bernard, ce qui étoit bien plus diffi-
cile, celui-ci étant moins fréquenté que l'autre ; mais un
poète n'y regarde pas de si près, et d'ailleurs, ces deux
montagnes sont voisines. C'est le général Moncey qui a
traversé le St. Gothard, et le St. Bernard l'a été par Bonaparte.

(6) La citadelle de Turin a la forme d'un pentagone ré-
gulier : c'est un ouvrage immense, renfermant un des ar-
senaux les plus considérables de l'Europe. Le puits en est
surtout fort remarquable, par la facilité qu'ont les che-
vaux de descendre pour boire, et de remonter après avoir
bu. C'est un des monumens guerriers de l'Italie, qui m'a
le plus étonné. Cette citadelle est minée et contre-minée ;
voilà pourquoi j'ai dit :

Cachant la foudre au sein de ses remparts.

(7) Coni a été prise et reprise souvent durant cette
guerre, et s'est toujours bien défendue. Savone s'est bien
défendue aussi : elle a deux châteaux bien fortifiés, qui
n'ont pu résister à la valeur française.

(8) Tortone est fortifiée à la moderne : voilà pourquoi
je lui ai donné de l'orgueil. Elle est bâtie sur la Scrivia,
torrent très-impétueux, qui change souvent de lit, et qui
renverse tout ce qu'il trouve sur son passage.

(9) Il y a sur le sommet du Mont St. Bernard, un mo-

nastère qui a été fondé, au dixième siècle, par Bernard
de Menthon, gentilhomme savoyard. Les religieux qui
l'habitent, sont des modèles d'humanité et de bienfai-
sance. Ils se dispersent dans les temps nébuleux pour secou-
rir les malheureux voyageurs dont ils entendent les cris; ils
les apportent ou les amènent dans le couvent, les réchauf-
fent par de bons feux ou des liqueurs spiritueuses; et quand
ils ne trouvent pas ce qu'ils cherchent, des chiens qu'ils ont
dressés, les aident à découvrir les voyageurs égarés ou
ceux qui, transis par le froid, n'ont pu continuer leur
route. Les neiges, les glaçons, les tourbillons de vent, les
avalanches, rien ne les arrête. La religion peut donner
ces vertus, à la vérité, mais elles sont bien plus touchantes
quand c'est la philosophie qui les donne.

Ce qui me feroit croire que ces bons religieux sont plus
philosophes que catholiques, c'est qu'ils reçoivent tous les
voyageurs, quelque secte qu'ils aient embrassée, avec le
même zèle, le même empressement et la même cordialité.
Que vous soyez protestant, juif, mahométan, luthérien,
anabaptiste, ils ne voient en vous qu'un homme. Quels
modèles à proposer aux cénobites de nos grandes villes !

Fin des Notes et de l'Épître à Virgile.

LETTRE

Du citoyen SAINT-ANGE *au citoyen* CUBIÈRES.

CITOYEN,

« C'est l'enthousiasme, un beau désordre, des écarts sublimes, qui caractérisent l'Ode pindarique. Votre Ode au Vengeur, que je viens de lire, ne réunit point toutes ces qualités : elle débute par ce qu'on appelle un lieu commun, et la marche en est peut-être un peu trop méthodique ; mais que de beautés de style elle renferme ! quelle richesse d'expression !

» Votre but a été d'exciter la haine des républicains français contre le gouvernement d'Angleterre ; et pour y parvenir, vous peignez un vaisseau assailli par les satellites du roi Georges, se défendant avec courage, et préférant un naufrage héroïque à la honte de se rendre : vous personnifiez ce navire ; vous lui donnez une ame, des passions ; vous l'enflammez de l'amour de la Patrie ; il vit sous votre pinceau poétique : ce n'est plus un navire, c'est *un héros flottant :*

Que ce héros flottant survive à son naufrage.

» Il est blessé, il chancelle, il succombe, et son

farouche vainqueur est forcé de rendre hommage à sa valeur immortelle. On demandoit à Corneille où il avoit appris l'art de la guerre : on pourroit vous demander où vous avez appris l'art de la marine ? Peut-on mieux peindre les circonstances d'un naufrage, que vous ne l'avez fait dans votre sixième strophe ?

» Ce que j'admire encore dans votre Ode, ce sont les mouvemens du style : c'est ce qui fait vivre un ouvrage, et le vôtre en est rempli :

Pleurez, concitoyens, pleurez vos frères d'armes....
Les voilà les héros dont la troupe aguerrie....
Est-ce toi, peuple anglais, que poursuit notre haine ?
Non.

tous ces mouvemens sont naturels , et font honneur au cœur dont ils partent. Il seroit à desirer qu'une Ode comme la vôtre fût chantée dans nos ports et sur nos flottes, comme l'hymne des Marseillais l'a été dans toutes nos armées : cela opéreroit des prodiges.

» Il y a déjà deux ans que cette *Ode au Vengeur* est imprimée, et aucun des journalistes n'en a parlé. Que je serois heureux, si mon suffrage pouvoit vous dédommager de leur silence !

» Deux autres poètes, le Pindare et le Tibulle français , ont composé chacun une Ode sur le même sujet. Il me semble que, pour imiter Lebrun, vous avez allumé votre enthousiasme au feu de son génie, et que votré vol pindarique laisse Parny au-dessous de vous. Comment se fait-il que ce poète, qui a tant de goût, ait cru pouvoir admettre les mots de *tribord* et de *babord* dans des vers lyriques ?

»J'ai lu les diverses pièces qui suivent votre *Ode au Vengeur*, et que vous appelez *Hymnes civiques*. Comme ma vieille amitié pour vous ne m'aveugle point sur vos défauts, je vous dirai que les idées m'en ont paru un peu communes, et pas toujours aussi heureusement exprimées que vous auriez pu le faire. J'excepte l'Hymne à l'Amitié, dont les premières strophes m'ont charmé ; et l'hymne intitulée : *Les Victoires de la République*, où j'ai distingué ce vers ingé-nieux sur le télégraphe :

Chappe de la Victoire a centuplé les ailes.

»Je ne parle point de votre Poëme sur le Ca-lendrier républicain : vous l'avez lu au Lycée des Arts, et les applaudissemens que vous avez reçus doivent vous satisfaire.

»Quoi qu'il en soit de vos Odes et de vos Poëmes, qu'ils soient foibles ou forts de poésie, qu'ils soient négligemment ou correctement écrits, je ne puis qu'applaudir au motif qui vous les a diciés. A toutes les époques de la révolution , votre Muse s'est empressée de parer l'autel de la Liberté des guirlandes du Pinde. Vous et notre immortel Chénier, vous êtes, dans ce sens, les deux hommes qui ont le mieux mérité de la République des Lettres et de la République française.

»Il me semble que la révolution a ouvert une nouvelle carrière aux talens, et surtout aux poètes lyriques. Depuis que les soldats républicains se sont immortalisés par tant de victoires , quel champ vaste leurs nouvelles conquêtes n'offrent-elles pas à parcourir à nos bardes ? Les batailles de Montenotte , de Millesimo , le passage du pont de Lodi , et, en général, les exploits de Bonaparte et des vainqueurs de Fleurus , quels sujets grands et féconds! que de Tyrtées, que de Pindares nouveaux ils peuvent faire éclore ! Jean - Baptiste est - il jamais plus poète que dans son Ode aux princes chrétiens sur l'armement des Turcs, et dans celle sur la bataille de Péterwaradin ? Voilà les Odes que j'appelle guerrières, et dont le genre doit être perfectionné de nos jours. Que nos bardes chantent nos guerriers, et ils partageront leurs lauriers.

»Le Franc de Pompignan , dont on s'est beaucoup moqué, et qui n'en avoit pas moins beaucoup de mérite, se félicitoit d'avoir mérité les éloges du souverain pontife : ce sera ceux du peuple qu'il faudra ambitionner désormais, et les acclamations de l'un valent bien les bénédictions de l'autre. Je vous les souhaite, et vous salue en Apollon ».

SAINT - ANGE, Professeur de Belles-Lettres à l'École centrale de la rue Antoine.

Ce 13 messidor , an VI de la République.

ODE

AU VENGEUR (1),

Vaisseau qui a péri dans le Combat du 13 prairial de l'an second de la République.

Q U E l'homme est insensé, qui, durant sa carrière,
Sans réfléchir jamais à son heure dernière,
De ses projets nombreux fatigue l'avenir !
Ses jours, qu'il croit d'airain, sont des vases d'argile,
   Dont le tissu fragile,
Une fois divisé, ne peut se réunir,

Soit qu'il vive ou qu'il meure, en proie à la souffrance,
Des brillantes erreurs d'une vaine espérance,

---

(1) Ce vaisseau n'a point péri, non plus que son équipage ;
mais Barrère le fit croire à tout le monde dans un de ses rapports.
Quoi qu'il en soit, on sait que la poésie s'exerce sur des fictions,
et celle-ci a paru si intéressante à tous nos poètes, et entre
autres à Lebrun, qu'elle leur a fourni presqu'à tous l'occasion d'un
travail patriotique : les amateurs pourront comparer leurs ouvrages,
avec l'Ode que je leur présente.

Que lui sert d'allumer le passager flambeau ?
Par une seule route avec peine suivie,
    Il entre dans la vie,
Et par mille chemins il descend au tombeau.

Le sage voit la mort, sans la fuir ni la craindre ;
De quelques traits hideux que l'on cherche à la peindre,
A son regard tranquille elle s'offre toujours,
Et toujours avec joie il meurt pour la patrie,
    Lorsque sa voix lui crie :
Pour sauver mes enfans, j'ai besoin de tes jours.

C'est ainsi que jadis finirent leur carrière
Les trois cents combattans dont la valeur guerrière
Arrêta de Xerxès les féroces exploits.
La patrie ordonnoit : brûlant du même zèle,
    Ils périrent pour elle,
Contens et glorieux d'obéir à sa voix.

Ainsi dans un combat à jamais héroïque,
Viennent les matelots qu'arma la République,
D'affronter à leur tour la mort et la douleur ;
Ils ont imité Sparte, et l'onde qui bouillonne,
    A vu Lacédémone
Une seconde fois déployer sa valeur:

O Vengeur ! c'est à toi que ma Muse s'adresse ;
Fais couler dans mes vers la martiale ivresse
Qui le jour de ta gloire enflammoit tes soldats ;
Qu'ils peignent tour-à-tour la trompette qui sonne
    Et le bronze qui tonne,
Et des flots et des vents l'effroyable fracas.

Je prétends célébrer ton illustre naufrage ;
Le Sénat des Français (1) par sa voix m'encourage ,
Et ses vœux pour mon cœur sont une douce loi :
Déroule à mes regards tes voiles immortelles ,
       Et porté sur leurs aîles ,
Vers l'empire des mers je m'envole avec toi.

Tu m'exauces.... Tu viens combler mon espérance.
J'aperçois sur les flots l'Angleterre et la France
Déployant à l'envi leurs pavillons divers ;
Une égale fureur les excite au carnage :
       Ainsi Rome et Carthage
Ont combattu longtemps aux yeux de l'univers.

Albion toutefois l'emportant par le nombre ,
Est fière de plonger dans le royaume sombre
Les bataillons français, victimes du trépas ;
Mais de ses ennemis le Français voit l'audace
       Sans craindre de disgrace ,
Il demande : où sont-ils ? et ne les compte pas.

O des républicains, bravoure magnanime !
L'esclave des tyrans endurci dans le crime,

---

(1) C'est aux poètes et aux-peintres , dit Barrère dans son
rapport du 22 messidor de l'an 2 , à tracer et à peindre l'événement
du Vengeur ; il ajoute qu'un concours honorable est ouvert à la
peinture et à la poésie , et que des récompenses nationales leur
seront décernées dans une fête civique. J'ai célébré dans mes vers
les événemens les plus glorieux de la révolution , et celui du
Vengeur m'a paru si touchant et si sublime, que l'invitation honorable de la Convention n'a pu rien ajouter à mon zèle.

Est forcé de te rendre un hommage immortel,
Et ses papiers menteurs (1), une fois véridiques,
   A tes vertus civiques,
Sous l'œil de Georges même élèvent un autel.

Ouvre-toi, Panthéon, reçois dans ton enceinte,
Du vaisseau courageux l'image noble et sainte;
Que le Vengeur renaisse à ton dôme appendu :
Que ce héros flottant survive à son naufrage;
   Et qu'un si digne ouvrage
Par Apelle ou Vernet à nos yeux soit rendu.

Le voyez-vous couvert de blessures profondes,
Et, privé de ses mats, chanceler sur les ondes ?
Les ondes, le feu, l'air, conspirent son trépas;
Il craint peu toutefois la rage britannique,
   Et l'Anglais tyrannique
De cent bronzes armé, ne l'épouvante pas.

Par la foudre avec force il repousse la foudre;
Mais ces globes brûlans qui mettent tout en poudre,
Cessent bientôt, hélas! de servir son courroux;
De tout secours privé, quel sera son refuge ?
   Va-t-il, lâche transfuge,
D'un ennemi superbe embrasser les genoux ?

---

(1) Le Vengeur étoit environné de vaisseaux anglais, lorsqu'il a déployé le plus grand courage; et ce courage a tellement
frappé les Anglais, que les premiers ils l'ont raconté, et que
leurs Journaux, dont Barrère cite plusieurs passages, ont été
forcés d'arracher à l'oubli, des traits qui sans eux auraient été
ignorés.

Non, les républicains méprisent trop la vie ;
Vivre après le trépas est leur unique envie,
Et la gloire et l'honneur sont leurs divinités ;
Des blessés, des mourans, la foule encor respire,
Au faîte du navire
En pompe tout-à-coup je les vois transportés.

Est-ce un naufrage horrible ? est-ce une aimable fête
Dont le douteux spectacle à mes regards s'apprête ?
Quelle alégresse brille au front des matelots !
Je les entends crier, dans leur zèle civique :
Vive la République !
Tomber, et pour jamais s'engloutir sous les flots.

Ciel ! quels débris sanglans couvrent l'humide plaine !
Des Autans irrités la turbulente haleine
Les pousse dans les airs, les roule en tourbillons,
Et d'espace en espace, enlacés aux cordages,
Symboles des naufrages,
Flottent des trois couleurs les sacrés pavillons.

Pleurez, concitoyens, pleurez vos frères d'armes,
Au sang qu'ils ont versé mêlez de douces larmes,
Du fond de leur cercueil, vous entendez leur voix ;
Ils disent tous ensemble : O France ! ô ma patrie !
Terre à jamais chérie,
C'est pour toi que je meurs, et pour tes saintes lois.

Ils meurent ; et pourtant c'est grace à leur courage
Qu'à travers les écueils, qu'à travers le carnage,

Arrive dans nos ports ce précieux fardeau (1),
Qui, rompant les projets de l'horrible famine,
      Prévient notre ruine,
Et vient à leurs dépens nous sauver du tombeau.

Ils meurent ! qu'ai-je dit ? Ils vivront dans l'histoire :
Le cri de leur défaite est un chant de victoire,
Qui déjà fend les airs avec agilité ;
Et l'abime des eaux dépositaire avare,
      Qui ressemble au Ténare,
Est forcé de les rendre à l'immortalité.

Les voilà, les héros dont la troupe aguerrie
S'enflamme d'un saint zèle au cri de la patrie !
Plutôt que de se rendre, ils reçoivent la mort,
Et du tyran des mers, satellite farouche,
      L'Anglais que rien ne touche,
Quoiqu'un moment vainqueur, semble envier leur sort.

Il faut, nous-même, il faut les rendre à la lumière ;
Que le marbre, l'airain, que la nature entière
S'empressent à l'envi de célébrer leurs noms ;
Sur le vaste Océan qu'un Vengeur ressuscite,
      Qui dans le noir Cocyte
Plonge du fier Anglais les nombreux pavillons.

Brest exauce mes vœux ! Brest avec moi conspire :
Voyez-vous dans ses ports s'élever un navire (2),

---

(1) Allusion au convoi de grain qui arriva d'Amérique dans nos
ports, malgré les forces supérieures des Anglais, et malgré les
pertes que nous fimes le 13 prairial.

(2) Il s'est construit, dit-on, dans le bassin couvert de Brest,

Qui, sur les flots lancé, fait trembler Albion?
Du Vengeur, qui n'est plus, il n'a rien qui diffère ,
Il vengera son frère,
Et par de grands exploits justifiera son nom.

Et toi qui, sur les mers, victime obéissante,
Cours défendre en héros la liberté naissante,
Des guerriers du Vengeur apprends à tout souffrir ;
Et si tu veux atteindre à leur gloire suprême,
Dis toujours en toi-même :
Pour revivre comme eux, comme eux je dois mourir.

Quand ton vaisseau flottant sur une mer lointaine
Sera forcé de suivre une route incertaine,
Cherche le Panthéon et du cœur et des yeux ;
Qu'il te serve de phare et d'étoile polaire,
Que toujours il t'éclaire ;
Son dôme éblouissant est ouvert sur les cieux.

Le Vengeur tout-à-coup sous sa voûte s'élance :
Le vois-tu qui dans l'air fièrement se balance,
Et qui semble appeler tes nombreux compagnons ?
La gloire à ses côtés leur tresse une couronne,
Et sur une colonne (1),
Au défaut de leurs traits, elle a gravé leurs noms.

---

un vaisseau à trois ponts, semblable en tout à celui dont j'ai essayé de célébrer la gloire ; et la Convention a déclaré qu'il porteroit le nom de VENGEUR.

(1) La Convention a décrété aussi que les noms de tous les braves citoyens composant l'équipage du Vengeur seroient inscrits sur la colonne du Panthéon.

Quelquefois du milieu de la campagne humide,
Contemple avec amour l'auguste pyramide
Où semblent ranimés tes frères expirans ;
Et que l'aspect touchant d'une gloire nouvelle
       T'arme d'un nouveau zèle
Pour renverser partout le trône des tyrans.

Au peuple des cités qu'opprimoient Londre et Rome
C'est peu d'avoir rendu les droits sacrés de l'homme ;
Il faut les rendre encore aux braves matelots :
C'est peu d'anéantir les tyrans sur la terre,
       Il faut que ton tonnerre
De leur joug pour jamais affranchisse les flots.

Eh ! de quel droit l'Anglais à sa chaîne importune
Veut-il assujétir l'un et l'autre Neptune ?
Au lieu d'en recevoir, impose-lui des lois ;
La nature sur lui te donna l'avantage :
       Tombe, tombe, Carthage !
Et que Rome soit libre une seconde fois.

Carthage adoroit l'or, l'or étoit son idole :
Tel est l'Anglais. Privé de ce métal frivole,
Il se croit accablé sous les coups du malheur ;
Il s'agite au milieu des discordes civiles,
       Pour acheter nos villes,
Et la corruption lui tient lieu de valeur.

Jaloux de nos succès, avec impatience,
Il court, pour affermir une triple alliance,
Porter de vils tributs à nos derniers tyrans ;
Alors nous avons dit : Point de grace aux perfides ;
       Sous nos traits régicides
L'un sur l'autre entassés, qu'ils tombent expirans.

Des rois de l'univers la gloire est périssable,
Les sermens qu'on leur fait sont écrits sur le sable ;
Ceux des républicains sont gravés dans les cieux.
Où sont les potentats qui, fiers de leur empire,
      S'armoient pour nous détruire ?
Où sont le léopard et l'aigle audacieux ?

Pilnitz a vu leur trame, et Fleurus leur défaite ;
C'est en vain qu'élevant une hideuse tête,
Ils veulent rallier leurs nombreux bataillons :
Voyez-les tous épars sur la terre sanglante ;
      Tels sous la faux tranchante
Les superbes épis tombent dans les sillons.

Est-ce toi, peuple Anglais, que poursuit notre haine ?
Non, du crime jamais le penchant ne t'entraîne.
Le peuple aime partout à défendre ses droits,
Partout la liberté, du peuple est les délices ;
      J'en ai de sûrs indices :
Les vertus sont du peuple, et le crime est des rois.

SONETTO.

LA PACE.

AL CITTADINO BONAPARTE.

SONETTO.

Jam trabeam Bellona gerit , parmamque removit ,
Et galeam , sacris humeris vectura curules.

                                    CLAUDIEN.

Il lampeggiante acciar di sangue tinto
Appendi , inclito eroe , di Marte al tempio ,
E sia quel lauro , onde già il crine hai cinto ,
Al nascente valore illustre esempio !

Or che 'l nemico altero hai domo e vinto ,
E dell' Erebo il mostro , atroce ed empio ,
Freme sul Flegetonte in ceppi avvinto ,
Nè più regna fra l'armi orrido scempio ,

Esultante la Patria , il suo riposo
Da te , prode guerrier , chiede ed aspetta ,
Riposo , ahi tanto sospirato in vano !

Brilli Astrea sul tuo fronte glorioso !
I diritti del Popolo rispetta :
L'adeguata bilancia orni tua mano !

IMITATION
DU SONNET ITALIEN (1).

Suspends, héros illustre, au temple de la gloire,
L'acier étincelant qui fonda ta victoire,
Et que ton jeune front, qu'ombragent les lauriers,
Serve éternellement de phare à nos guerriers.

Il est temps que le monstre échappé du Tartare,
Qui forgea contre toi plus d'un projet barbare,
Sur les rives du Stix, enchaîné désormais,
Te laisse ouvrir enfin le Temple de la Paix.

Elle attend le repos, notre chère Patrie,
Elle veut le devoir à ta main aguerrie,
Hélas! qui ne l'entend soupirer après lui?

Mars n'a que trop régné : c'est Astrée aujourd'hui
Qui, par toi de Thémis reprenant la balance,
Aux peuples opprimés rendra l'indépendance.

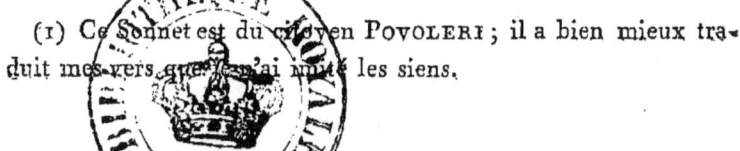

(1) Ce Sonnet est du citoyen POVOLERI; il a bien mieux traduit mes vers que je n'ai imité les siens.

www.ingramcontent.com/pod-product-compliance
Lightning Source LLC
Chambersburg PA
CBHW060802180626
46818CB00002B/667